AF232880

ESSAI

SUR

LA DÉCLAMATION

TRAGIQUE,

POËME.

MDCC LVIII.

C E T Ouvrage a été fait pour les Actrices seulement. Les bons Acteurs ne doivent pas me sçavoir mauvais gré d'un silence dont les applaudissemens du Public les dédommagent tous les jours.

ESSAI

SUR

LA DÉCLAMATION

TRAGIQUE,

POËME.

O MUSES, dites-moi, par quelle heureuse adresse
Une Actrice applaudie attire enfin la presse,
Porte l'illusion jusques au fond des cœurs,
Ecrase la cabale & l'hydre des Censeurs.

Présides à mes chants, sanglante Melpomène,
Tantôt sensible & tendre, & tantôt inhumaine.
Dévoiles-moi ton art, apprens moi tes secrets ;
J'entreprens d'embellir tes funebres attraits.

A ij

Par quels nobles reſſorts, par quels ſublimes char-
mes,
Tes menſonges touchans font-ils verſer des larmes ?

Vous qui ſur le Théâtre aſpirez à monter,
Renfermez ce déſir, craignez de vous hâter ;
Si vous voulez enfin ſortir de vos ténebres,
Et cueillir le laurier des Actrices célébres,
Quelque ſoit votre rôle, il faut, pour le ſaiſir,
Connoître la nature, & penſer, & ſentir :
Il faut encor long-temps, redoutant le naufrage,
Faire de vos talens l'obſcur apprentiſſage.
Telle, qui ſur la Scène a paru ſans ſuccès,
Bannie honteuſement, n'y remonta jamais.

A cette obſcurité la raiſon vous condamne :
Sçachez en profiter pour former votre organe.
De la langue Françoiſe étudiez les tours :
Qu'un langage épuré régne dans vos diſcours.
La gothique Phriné, malgré ſon ignorance,
Croit envain de ſon Art atteindre l'excellence :
D'abord qu'elle paroît, elle s'entend ſiffler.
Avant de déclamer, on doit ſçavoir parler.

Evitez ſon défaut. L'étranger plus facile,
Vous appelle à grands cris, & vous ouvre un azile.

Ah ! n'allez pas groſſir, à la fleur de vos ans,
Le ſervile troupeau de ces boufſons errans,
Qui, charmant par leur jeu la Province idolâtre,
De Païs en Païs tranſportent leur Théâtre.
Votre talent, qu'envain on veut humilier,
A Paris eſt un art, & là n'eſt qu'un métier.
Du bon goût avec eux vous perdriez la trace,
Tout votre feu bientôt ſe changeroit en glace.
Bientôt votre génie, en ſa fleur deſſéché,
Languiroit, comme un lys de ſa tige arraché.

Paris ſeul offre aux Arts une noble retraite ;
Là, l'Emulation en eſt l'ame ſecrette.
La Critique éclairée y veille à leur progrès,
Et la gloire toujours eſt le prix du ſuccès :
Non cette gloire vague, inutile fumée,
Qu'à nos yeux éblouis enfle la Renommée ;
Mais celle qui, fixant leurs paiſibles deſtins,
Enrichit les talens couronnés par ſes mains.

Dans ces premiers ſentiers une fois affermie,
Alors ſuivez l'attrait & l'eſſor du génie.
Du grand jour, ſans pâlir, enviſagez l'éclat :
L'audaceaide au talent, & la crainte l'abbat.
Paroiſſez, armez-vous d'une noble aſſurance,
Et de ce front altier, qu'embellit la décence.

Que vos regards foient pleins du rôle feulement,
Et n'aillent point quêter un applaudiffement.
Du Public pénétrant connoiffez le caprice :
Il fiffle la Coquette, applaudit à l'Actrice
Sur le Théâtre où tout vit par l'illufion,
Le manége révolte, & n'eft plus de faifon.

Mais je veux que d'ailleurs vous foyez accomplie ;
Vous refterez encor dans l'ombre enfevelie,
Et n'atteindrez jamais à des fuccès brillans,
Si le dehors en vous ne répond aux talens.

Voulez-vous fur la Scène infpirer la tendreffe ?
Il faut que votre abord, que votre air intéreffe ;
Il faut que vos regards, dans nos cœurs agités,
Allument tous les feux que vous repréfentés.

Aux rôles furieux vous êtes-vous livrée ?
Qu'un œil étincelant peigne une ame égarée.
Aiez l'accent, le gefte, & le port effraiant :
Que tout un Peuple ému frémiffe en vous voiant.
Pourvû que la figure annonce un caractere,
Par la Scène embellie, elle eft fûre de plaire.

Avec un œil riant, un vifage ferein,
Jouerez-vous Athalie un poignard à la main ?

Ou, sans cette langueur que GAUSSIN nous inspire,
Pourrez-vous imiter les larmes de Zaïre ?

Une Actrice paroît pour la premiere fois,
On la juge d'abord sur l'air & sur la voix.

Que sur-tout de la Scène avec soin on bannisse
Ces minois indécis, que soutient l'artifice :
Êtres inanimés, qui toujours se guindant,
Soupirent avec art, pleurent en minaudant.

Si le succès enfin remplit votre espérance,
Peut-être, du Public imitant l'indulgence,
On vous verra bientôt, fiere d'un tel bonheur,
Sourire à vos talens, rallentir votre ardeur.
De l'Art de déclamer sentez mieux l'étendue :
Telle l'ignore encor, qui s'y croit parvenue.
Le premier feu produit ces succès éclatans ;
Mais la perfection est l'ouvrage du temps.
L'amour propre souvent, Juge trop infidéle,
Du talent orgueilleux étouffe l'étincelle.

Il est un lieu charmant, * & toujours fréquenté,
Qu'habitent l'Opulence & la Frivolité :

* Les foyers.

A iiij

On y voit des travers, des tons de toute espéce ;
Et ce riant Tableau s'y reproduit sans cesse.
C'est-là que trop souvent le talent de l'Auteur,
Vient servir de trophée au faste de l'Acteur.
Le dédain y préside, & la Coquetterie
Y juge sans appel les efforts du génie.
Devant ce Tribunal il faut être cité,
Ou rester dans la foule, & dans l'obscurité.

Là, dans les jours brillans, l'habitude rassemble
Tous les états surpris de se trouver ensemble.
Un Plumet étourdi, de lui-même content,
Se montre, disparoît, revient au même instant.
Infectant ses voisins de l'ambre qu'il exhale,
Le grave Magistrat se rengorge & s'étale ;
Et l'épais Financier, fougueux dans ses désirs,
Va toujours marchandant & paiant ses plaisirs.

De ces lieux enchanteurs redoutez le prestige.
Votre talent bientôt y tiendra du prodige.
N'entens-je pas déja, de nos illustres fous
L'essain tumultueux, frémir autour de vous ?
S'écrier en chorus, *elle est, ma foi, divine,*
Et du Théâtre, enfin, vous nommer l'Héroïne ?

Craignez leurs vains éclats ; ils sont intéressés.

La Vérité n'a point ces transports empressés:
Faites-vous, imitant nos célébres Actrices,
Admirer sur la Scène, & non dans les coulisses.

Votre Art est une mine, un abîme profond :
Plus on le creuse, moins on en trouve le fond.

N'allez pas, oubliant le ton de la nature,
Appuyer sur vos vers, en marquer la mesure,
Par un rithme importun corrompre nos plaisirs ;
Cadencer vos transports, & noter vos soupirs :
Ni, vous livrant sans goût au feu qui vous entraîne,
Faire tonner l'Amour, ou mugir Melpomène.

Le désordre convient à des cœurs accablés ;
Leurs accens sont confus, & mal articulés.
Retracez-nous leur trouble & leurs sombres al-
    larmes.
Le sentiment sans voix nous arrache des larmes ;
Par son silence même il sçait bien s'exprimer :
L'Actrice doit le peindre, & non le déclamer.

Voulez-vous qu'une Reine, en proie à tous les
    crimes,
Que le remord poursuit, qu'entourent les abîmes,
Et qui voit sous ses pas s'entrouvrir les Enfers,
Observe, en expirant, la cadence d'un Vers ?

Voulez-vous qu'une Amante outragée & trahie,
Dans l'ombre de la nuit, tremblante, annéantie,
Médite, en éclatant, un ténébreux deſſein,
Et ſe plonge avec art un poignard dans le ſein ?

De vos geſtes ſongez à réprimer l'emphaſe,
Et que la paſſion en ſoit toujours la baſe.
Je hais ces bras qu'on voit, dans d'amoureux tranſ-
    ports,
S'étaler avec faſte, & tomber par reſſorts.
Laiſſez à l'Opéra ces graces ſurannées,
Que la Scène tragique a toujours dédaignées.

Votre marche, en entrant, doit offrir à nos yeux
Un maintien impoſant, un port majeſtueux :
Au gré des mouvemens dont l'ame eſt agitée,
Qu'elle ſoit à propos lente, ou précipitée.

Le jeu muet ſur-tout veut une étude à part,
Il eſt & le triomphe & le comble de l'Art :
C'eſt-là que le talent paroît ſans artifice,
Et que toute la gloire appartient à l'Actrice.

Pour le ſaiſir, il faut ſçavoir l'ouvrage entier,
En ſuivre les reſſorts, & les étudier,
En poſſéder l'enſemble, & d'un regard ſevere
Démêler quels Tableaux votre rôle y doit faire.

[11]

Tel, dans tout ce qu'il trace, un Peintre ingé-
nieux
Doit chercher des couleurs l'accord harmonieux.

Fuyez la jaloufie, & fes lâches cabales ;
Admirez le talent, même dans vos Rivales :
Peut-être effuirez-vous leur dédain paffager ;
C'eft, en les furpaffant, qu'il faut vous en venger.
Imitez les beautés qui vous frappent en elles.
Chaque Art a fes leçons, chaque Art a fes mo-
déles.

De la Parque déja le courroux odieux,
Charmante LECOUVREUR, avoit fermé tes yeux:
Le front ceint de Cyprès, la pâle Tragédie,
Dans le même tombeau fe crut enfevelie ;
Et la Scène, livrée au plus mortel ennui,
Sans ceffe regrétoit fa gloire & fon appui.

Une Actrice parut : Melpomène troublée,
A fon fanglant afpect, ceffa d'être voilée.
DUMESNIL eft fon nom : la pitié, la terreur,
Répandent fur fes pas l'épouvante & l'horreur.
Les Tirans, à fa voix, tombent réduits en poudre :
Son gefte eft un éclair, fes yeux lancent la foudre.

Quelle autre l'accompagne, & femble l'effa-
cer ?

Dieux ! quel charme ont les pleurs qu'elle nous
    fait verser !

Où suis-je ? . . . Je la vois … C'est Didon elle-
    même

Qui meurt, en pardonnant au parjure qu'elle
    aime.

Quel geste ! quel maintien ! quelle noble fierté !

Tout, jusqu'à l'art, chez elle a de la vérité.

    Dans les fastes du Temps, vous qui voulez
    revivre,

Ces modéles fameux sont les seuls qu'il faut sui-
    vre.

Ne cherchez point à fuir leurs regards pénétrans :

Leurs genres sont parfaits, quoiqu'ils soient dif-
    férens.

    L'une a plus de chaleur, l'autre plus de no-
    blesse ;

L'une nous fait frémir, l'autre nous intéresse ;

L'une rend la nature, & l'autre l'embellit :

DUMESNIL a moins d'art, & CLAIRON plus
    d'esprit,

    Mais l'imitation vous cache un précipice :

En vous le dérobant, je me rendrois complice.

Gardez-vous d'imiter tels gestes, tels accens :

Il faut de chaque rôle approfondir le sens ;

Puiser leur sentiment, se remplir de leur flamme,
Et, s'il se peut, enfin s'approprier leur ame.

Par-là vous obtiendrez un durable succès,
Et vos noms ennoblis ne périront jamais.

Dans une région, par la flamme épurée,
Du Vulgaire stupide à jamais ignorée,
Est un Palais brillant, que dans cet Univers,
Entrevoit le Génie au milieu de ses fers.
Là, le Temps destructeur est enchaîné lui-même,
Il rugit, désarmé par un pouvoir suprême.
En proie au vif éclat dont il est assailli,
Il trouve enfin un feu plus dévorant que lui.
Là, tous les noms fameux que chaque siécle ad-
    mire,
Sur l'airain imprimez, viennent se reproduire;
Et, sur un Trône d'or, une Divinité
Dispense les lauriers de l'Immortalité.
Les préjugés tremblans, que sa présence éclaire,
S'abîment à sa voix dans des flots de lumiere.
Tout mérite est égal à ses regards alti
Et la palme des Arts est celle des Guerriers.

O vous de qui la Scène admira le génie,
A celle des Auteurs votre gloire est unie.

Lecouvreur l'œil en feu, les bras enfan-
    glantés,
Est égale à Corneille, & marche à ses côtés ;
Et récitant des Vers où leur amour domine,
Champmêlé pleure encor dans les bras de
    Racine.

Terrible Dumesnil, au nom de C. . . . .
Avec des traits de sang, la gloire a joint ton
    nom.

    Toi, divine Clairon, toi, que nulle n'ef-
    face,
A côté de V. . . . . elle a marqué ta place.
Dans ce noble séjour tous tes honneurs sont
    prêts.
Mais hélas ! puisses-tu n'y parvenir jamais !
Combien de pleurs suivroient cette gloire cruelle !
L'Univers perdroit trop à te voir immortelle.

F I N.